14.95
(8)

P9-APO-838

Days and Times

Los Días y Las Horas

by Mary Berendes • illustrated by Kathleen Petelinsek

Published in the United States of America by The Child's World®
1980 Lookout Drive • Mankato, MN 56003-1705
800-599-READ • www.childsworld.com

Acknowledgments
The Child's World®: Mary Berendes, Publishing Director
The Design Lab: Kathleen Petelinsek, Design and Page Production

Language Adviser: Ariel Strichartz

Library of Congress Cataloging-in-Publication Data
Berendes, Mary.
 Days and times = Los días y las horas / by Mary Berendes ;
illustrated by Kathleen Petelinsek.
     p. cm. — (Wordbooks = Libros de palabras)
 ISBN 978-1-59296-990-6 (library bound : alk. paper)
 1. Time—Juvenile literature. I. Petelinsek, Kathleen. II. Title.
III. Title: Días y las horas. IV. Series.
 QB209.5.B468 2008
 529—dc22   2007046565

clock
el reloj

alarm
la alarma

minute hand
el minutero

hour hand
el horario

second hand
el segundero

hour
la hora

second
el segundo

digital clock
el reloj digital

7:00:22 AM

minute
el minuto

3

morning
la mañana

stretch
estirarse

seven o'clock
las siete

wake up
despertarse

early
temprano

4

sunrise
la salida
del sol

5

lunchtime
la hora de almorzar

sandwich
el sándwich

milk
la leche

noon
el mediodía

afternoon
la tarde

three thirty
las tres y media

sunshine
la luz del sol

playtime
el recreo

moon
la luna

stars
las estrellas

eight thirty
las ocho y media

snore
roncar

sleep
dormir

10

night
la noche

bedtime story
el cuento para dormir

bedtime
la hora de acostarse

Saturday

3

10

17 **dates**
las fechas

24

31

13

months
los meses

January
enero

winter
el invierno

February
febrero

14

March
marzo

April
abril

spring
la primavera

15

spring
la primavera

May
mayo

June
junio

16

summer
el verano

July
julio

August
agosto

17

autumn
el otoño

September
septiembre

October
octubre

18

November
noviembre

winter
el invierno

December
diciembre

workday
la jornada
laboral

20

Monday
lunes

Tuesday
martes

weekdays
los días laborales

school day
el día lectivo

Friday
viernes

Thursday
jueves

Wednesday
miércoles

21

weekend
el fin de semana

Saturday
sábado

22

Sunday
domingo

word list
lista de palabras

English	Spanish		English	Spanish
afternoon	la tarde		night	la noche
alarm	la alarma		noon	el mediodía
April	abril		November	noviembre
August	agosto		October	octubre
autumn	el otoño		playtime	el recreo
bedtime	la hora de acostarse		sandwich	el sándwich
bedtime story	el cuento para dormir		Saturday	sábado
calendar	el calendario		school day	el día lectivo
clock	el reloj		second	el segundo
dates	las fechas		second hand	el segundero
days	los días		September	septiembre
December	diciembre		seven o'clock	las siete
digital clock	el reloj digital		(to) sleep	dormir
early	temprano		(to) snore	roncar
eight thirty	las ocho y media		spring	la primavera
February	febrero		stars	las estrellas
Friday	viernes		(to) stretch	estirarse
hour	la hora		summer	el verano
hour hand	el horario		Sunday	domingo
January	enero		sunrise	la salida del sol
July	julio		sunshine	la luz del sol
June	junio		three thirty	las tres y media
lunchtime	la hora de almorzar		Thursday	jueves
March	marzo		times	las horas
May	mayo		Tuesday	martes
milk	la leche		(to) wake up	despertarse
minute	el minuto		Wednesday	miércoles
minute hand	el minutero		weekdays	los días laborales
Monday	lunes		weekend	el fin de semana
month	el mes		winter	el invierno
moon	la luna		workday	la jornada laboral
morning	la mañana		year	el año